七福神の
大阪ツアー

作・くまざわあかね　絵・あおきひろえ

ひさかたチャイルド

宝
福
福

エー、しばらくの間《あいだ》、おつきあいを願《ねが》います。

ここにございました七人《ななにん》の神様《かみさま》。「七福神《しちふくじん》」というユニットを組《く》みまして、みなさんに福《ふく》を授《さず》けるため、毎日毎日《まいにちまいにち》、寝《ね》る間《ま》もおしんで働《はたら》いておられます。

そんな七福神《しちふくじん》さんの年《ねん》に一度《いちど》のお楽《たの》しみが、七人集《ななにんあつ》まっての慰安旅行《いあんりょこう》。

今年《ことし》はどんな旅《たび》になるのでしょうか？　いよいよ旅《たび》のはじまり、はじまり〜。

●七福神集合《しちふくじんしゅうごう》の巻《まき》

遅《おそ》い……
遅《おそ》いがな……
遅《おそ》いっちゅうねん、ほんまにもう！

モーレツに怒《おこ》っているのは毘沙門《びしゃもん》さん。七福神《しちふくじん》のメンバーで、れっきとした神様《かみさま》です。

一〇時《じゅうじ》にここで待《ま》ち合《あ》わせや、て言《い》うてあるのに、だーれもけぇへんがな。どないなってんねん！

ははあ、一〇時《じゅうじ》の待《ま》ち合《あ》わせですか……と時計《とけい》を見《み》たら、まだ九時四〇分《くじよんじっぷん》ですよ？

ずいぶんせっかちな神様《かみさま》ですねぇ。

七福神《しちふくじん》のみんなで、今日《きょう》から大阪《おおさか》に一泊二日《いっぱくふつか》。観光旅行《かんこうりょこう》で、わし、今《こん》回《かい》その幹事《かんじ》や。みんなのお世話係《せわがかり》や。旅《たび》のしおり作《つく》ったり、ごはん食《た》べるとこ予約《よやく》したり、待《ま》ち合《あ》わせの時間《じかん》メールしたり、みんなに楽《たの》しんでもらえるようがんばったのに、待《ま》ち合《あ》わせにだれも来《き》てないて、どういうことやねん！

わわっ、怒《おこ》りっぽいんですねぇ。けど毘沙門《びしゃもん》さんならそれも無《む》理《り》ないか。ここでマメ知識《ちしき》。

毘沙門《びしゃもん》さんは、元《もと》はインドの神様《かみさま》なんです。勝負《しょうぶ》ごとや戦《いくさ》の神《かみ》様《さま》として知《し》られていまして、手《て》に槍《やり》を持《も》ち、こわーい顔《かお》で悪《わる》い鬼《おに》をふみつけています。

あら？　待《ま》ち合《あ》わせ場所《ばしょ》にだれか来《き》たようですが、この人《ひと》はいったいだれでしょう？

ごめんごめん。遅《おそ》なってしもて。

ごめんやないで。なにしてたんや！

そんな怒《おこ》りないな。待《ま》ち合《あ》わせの時間《じかん》ピッタリに来《き》ましたやんか。

なに言《い》うてんねん。わしら神様《かみさま》は、早《はや》めの行動《こうどう》が基本《きほん》やがな！

せやからごめん、て。あんまり怒《おこ》ったら血圧《けつあつ》上《あ》がるよ。

だれのせいで怒《おこ》ってる思《おも》うてんねん！

今来《いまこ》られたのは大黒《だいこく》さん。頭巾《ずきん》をかぶって、打《う》ち出《で》の小《こ》づちを持《も》って、絵《え》で見《み》るイメージそのままです。

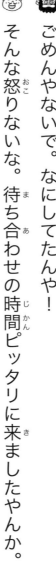

それより、なんで待《ま》ち合《あ》わせ時間《じかん》ギリギリになったんや。

それやねん。わたし、今回《こんかい》の旅行用《りょこうよう》に、新《あたら》しい小《こ》づちを買《か》いましてん。ピカピカ光《ひか》ってきれいな絵《え》が描《か》いてある、よそいきのやつ。

ほぉ。

せやのに、今日《きょう》それ持《も》っていこう思《おも》うたら、見当《みあ》たらへん。どこ行《い》ったかわからへん。家《いえ》じゅう探《さが》してて、ハッと気《き》づ

いたら集合時間《しゅうごうじかん》ギリギリになってしもて。ごめんね。

そうかいな。けど、ちゃんと手《て》に小《こ》づち持《も》ってるがな。

あぁ、これはよそいきやなくて、ふだん用《よう》。

ふだん用《よう》？

そうそう。うちで使《つか》ってる、これがほんまの「うちでの小《こ》づち」いうて……笑《わら》える？

笑《わら》えるか！　それより、あとの五人《ごにん》、遅《おそ》いがな。どないなってんねん。

おかしいなぁ、昨日《きのう》ラインで「明日《あした》よろしく」って言《い》うてたんやけどなぁ。あ、来《き》た来《き》た。こっちこっち。

あぁ、どうもどうも。遅《おく》れてすみませんでした。

次《つぎ》に待《ま》ち合《あ》わせ場所《ばしょ》に来《き》たのは恵比寿《えびす》さん。手《て》には大《おお》きな鯛《たい》と釣竿《つりざお》を持《も》って、見《み》るからに福々《ふくぶく》しいお顔《かお》です。あら？ 毘沙門《びしゃもん》さんはまたなにか怒《おこ》っているようですよ。

遅《おく》れてきて、なにニコニコしてんねん。もっとすまなさそうな顔《かお》、でけへんのかいな！

そんな怒《おこ》ったりないな。恵比寿《えびす》さんて、もとからこんな顔《かお》ですねん。

よぉ言《い》うでしょ、いつもニコニコ恵比寿顔《えびすがお》、ちゅうて。

そうなんです、はっはっはっ。

開《ひら》きなおるな！ ちょっとは悪《わる》いと思《おも》ってんのかいな。

えぇ？

せやから、待《ま》ち合《あ》わせに遅《おく》れて、ちょっとは悪《わる》いと思《おも》ってんのか、ゆうて。

ああ……えぇ？

なんべんおなじこと言《い》わすねん！

そら毘《び》沙《しゃ》門《もん》さん、しゃあないわ。この人《ひと》、年《とし》いってちょっと耳《みみ》が遠《とお》いから。

耳《みみ》が遠《とお》い？　ほんまかいな。

知《し》りません？　昔《むかし》からよぉ言《い》うでしょ。えべっさんは耳《みみ》が遠《とお》いから、

毎年一月《まいとしいちがつ》の十日恵比寿《とおかえびす》にお参《まい》りするときは、まず正面《しょうめん》で手《て》ぇ合《あ》わせて拝《おが》んだあと、裏《うら》に回《まわ》って羽目板《はめいた》やドラをどんどん叩《たた》きますねん。「えべっさん、聞《き》こえてますか。頼《たの》んまっせ」と念《ねん》おしするんですわ。

へぇー、知《し》らんかったわ。

そうでしょ、案外《あんがい》知《し》らない人《ひと》もいてるんですよ。毘沙門《びしゃもん》さんも、この次《つぎ》えべっさんにお参《まい》りするときは、忘《わす》れず裏《うら》にも回《まわ》りなはれや。

ええこと教《おし》えてくれて、ありがとう……って、なんで神様《かみさま》が神様《かみさま》のとこ、お参《まい》りに行《い》かなあかんねん！

はっはっはっ。

あんたも笑《わら》いなはんな！

と言《い》ってる間《あいだ》に、またかだれか来《き》たようですよ？

いやぁ、みなさんお待《ま》たせぇ。

こらぁ弁天《べんてん》さん。いつ見《み》てもおキレイですなぁ。

いややわぁ、そんなうまいこと言《い》うてぇ。

と言《い》いながら弁天《べんてん》さん、毘沙門《びしゃもん》さんの肩《かた》をバシバシ叩《たた》きます。

痛《いた》い痛《いた》い。典型的《てんけいてき》な大阪《おおさか》のおばちゃんやな。

せやけど、いつも待《ま》ち合《あ》わせには時間《じかん》ピッタリに来《く》る弁天《べんてん》さんが、今日《きょう》は遅《おく》れて。どないしましたん。

それがねぇ、なんせ久《ひさ》しぶりの旅行《りょこう》でしょ。あれ着《き》ていこうか、これにしようか、て着《き》ていくもの選《えら》んでたらこんな時間《じかん》になってしもて。もう、いややわぁ。

痛《いた》い痛《いた》い。叩《たた》きな、ちゅうのに！　またあんた旅行《りょこう》やいうのに大《おお》きい楽器《がっき》持《も》ってきて。それ琵琶《びわ》か？

そうですねん。重《おも》かったわぁ。せっかくやから、ちょっと弾《ひ》いてみましょうか？　大黒《だいこく》さんも一緒《いっしょ》に聞《き》いてもらえます？

いやいやいや、聞《き》きたいのはやまやまですけど、もうすぐ出発《しゅっぱつ》ですからまた今度《こんど》ということで。（小声《こごえ》で）……ちょっと、毘沙門《びしゃもん》さん！

え？

いらんこと言《い》いなはんな。弁天《べんてん》さんの琵琶《びわ》、始《はじ》まったら長《なが》いんでっせ。

せやったかいな？

この前《まえ》も、アンコール入《い》れて八時間半《はちじかんはん》、弾《ひ》きっぱなしの歌《うた》いっぱなしで、えらいことになったん、忘《わす》れたんかいな。

せやったせやった。うっかりしてたわ。弁天《べんてん》さん、演奏《えんそう》はまた今度《こんど》、ちゅうことで。

そうですか、そしたら琵琶《びわ》はここに置《お》いて、と。あ、そうそう。今《いま》ここに来《く》る途中《とちゅう》、福禄寿《ふくろくじゅ》さんにおぉたんでお連《つ》れしましてんわぁ。

遅《おく》れてすまなんだのぅ。

福禄寿《ふくろくじゅ》さんも七福神《しちふくじん》のメンバーなんですね。
長《なが》生《い》きの神様《かみさま》と聞《き》いてますけど、またえらい長《なが》い頭《あたま》ですねぇ。

帽子《ぼうし》をかぶるとき
大変《たいへん》そう。

みなさん、本日《ほんじつ》はひとつよろしく。

わっ、急《きゅう》におじぎせんといてくださいよ。ぶつかるやないですか。

あ、そうじゃった。すまんすまん、ペコリ。

せやから頭下《あたまさ》げんといて、ちゅうのに。あぁ

あ、頭《あたま》上《あ》げたら横手《よこて》の看板《かんばん》に、ガーンとぶつけてますがな。大丈夫《だいじょうぶ》かいな。

向《む》こうからまただれかやってきましたよ？

おーい、布袋《ほてい》さんこっちこっち。

大《おお》きな袋《ふくろ》を持《も》ってあらわれたのは布袋《ほてい》さん。大《おお》きなおなかをつきだして、ずいぶん汗《あせ》もかいてます。

布袋《ほてい》さん、待《ま》ってましたんやで。それはよろしいけど、あんたまた、えらい大《おお》きい荷物《にもつ》ですなぁ。

そうなんですよ。一泊旅行《いっぱくりょこう》だし、キャリーバッグごろごろ引《ひ》っぱっていこうと思《おも》ってたんですけど、いざ荷物《にもつ》つめてみたら入《はい》りきらなくって。いつもの福袋《ふくぶくろ》に入《い》れてきました。よっこいしょっと。

えぇ？ 入《はい》りきらんて、そんなにぎょうさん、なにが入《はい》ってますのん？

そんな大《たい》したものじゃないんですよ？ 洗面道具《せんめんどうぐ》に着替《きが》え、ドライヤーにバスタオル。おやつにゲームにマンガにパソコン、そうそう、わたし枕《まくら》が変《か》わったら寝《ね》られませんので、ふだん使《づか》いの枕《まくら》に羽毛布団《うもうぶとん》。

布団《ふとん》まで持《も》ってきましたんか！

……重《おも》かった。

当《あ》たり前《まえ》や。引《ひ》っ越《こ》しやないねんから。

おい、大黒《だいこく》さん。みな集《あつ》まったみたいやし、そろそろ出発《しゅっぱつ》しよか。

ちょっと待《ま》って、毘沙《びしゃ》

門《もん》さん。これで全員《ぜんいん》、そろうてますか？

そろうてるがな。ひぃ、ふぅ、みぃ、よぉ……みてみ、ちゃんと七人《ななにん》いてるがな。

無茶言《むちゃい》うたらあかんわ。そこのお地蔵《じぞう》さんまで数《かず》に入《い》れてますがな。

かまへんがな、似《に》たようなもんや。

あきませんよ、そんなん。えぇと、だれが来《き》てないんかな。恵比寿《えびす》、大黒《だいこく》、毘沙門《びしゃもん》、弁天《べんてん》。福禄寿《ふくろくじゅ》に布袋《ほてい》さん……これで六人《ろくにん》ですなぁ。

あと一人《ひとり》。だれやったかいなぁ。

だれでしたかいなぁ。

大黒《だいこく》さんと毘沙門《びしゃもん》さんが思《おも》い出《だ》そうとしているところへ、人影《ひとかげ》がぬーっ。

あのーわたしですぅ……。

びっくりしたぁ。お化《ば》けか思《おも》うた。

お化《ば》けやないです、神様《かみさま》ですぅ……。

あんたねぇ、ウソでも神様《かみさま》やったら、もうちょっとハキハキしゃべらんかいな。で……あんただれやった？

ちょっと毘沙門《びしゃもん》さん！ 仲間《なかま》の名前《なまえ》忘《わす》れてどないしますねん。この人《ひと》は、ええっと……だれでしたっけ？

すみません、寿老人《じゅろうじん》です……。

そうそう、寿老人《じゅろうじん》さんですがな。ねぇ。

大黒《だいこく》さん、あんたも忘《わす》れてたやろ。

失礼《しつれい》なこと言《い》わんといてくださいよ。仲間《なかま》の名前《なまえ》忘《わす》れるやなんて、そんなことありますかいな、ねぇ……だれでしたっけ。

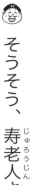

寿老人《じゅろうじん》です……。いや、えぇんです。忘《わす》れられたかて。わたしもともと、影《かげ》のうすーい存在《そんざい》なんです……。

そんな、落《お》ちこまんといてくださいよ。

大丈夫《だいじょうぶ》です、慣《な》れてますから。七福神《しちふくじん》の名前《なまえ》あげていくとき、最後《さいご》まで思《おも》い出《だ》せずに「あと一人《ひとり》、だれやったかなぁ」て、みなさんをもやもや～っとした気持《きも》ちにさせるのが、わた

しなんです……。

そんなことありませんて。

慰《なぐさ》めてもらわんでもええんです。もともと、年寄《としよ》り、ていうキャラも福禄寿《ふくろくじゅ》さんとかぶってますし。なんのご利益《りやく》がある、てはっきりアピールしてるわけやなし。恵比寿《えびす》さんや大黒《だいこく》さんみたいなスターと並《なら》んで、えらそうに七福神《しちふくじん》のメンバーに加《くわ》わってること自体《じたい》が間違《まちが》いやったんです……失礼《しつれい》しました。

ちょっと！　今《いま》さら帰《かえ》りないな。えべっさんも、なんか言《い》うてあげてえな。

はっはっはっ。

頼《たよ》りないなぁ。あのね、寿老人《じゅろうじん》さん。わたしら七人《ななにん》で一組《ひとくみ》なんです。一人《ひとり》でも欠《か》けたら具合悪《ぐあいわる》いんです。そんな泣《な》いてんと、きげん直《なお》して、

ね。そろそろ出発《しゅっぱつ》しますで。

●七福神《しちふくじん》、出発進行《しゅっぱつしんこう》の巻《まき》

七福神《しちふくじん》のメンバーが無事《ぶじ》に七人《ななにん》そろったところで、いよいよ大《おお》阪《さか》観光《かんこう》へと出発《しゅっぱつ》です。空《そら》は青空《あおぞら》いい天気《てんき》。絶好《ぜっこう》のお出《で》かけ日和《びより》です。

はーいみなさん。わたくし、今日《きょう》と明日《あす》の二日間《ふつかかん》、みなさんの旅《たび》のガイドをつとめさせていただきます、青空旅行会社《あおぞらりょこうがいしゃ》の案内《あんない》スル代《よ》と申《もう》します。短《みじか》い間《あいだ》ですが、よろしくお願《ねが》いいたしまーす。

あらっ。毘沙門《びしゃもん》さん、今年《ことし》の旅《たび》はガイドさんがついてくれるんですか。

そうやねん。弁天《べんてん》さん覚《おぼ》えてへんかいな、去年《きょねん》のこと。わしら七人《ななにん》だけで、ガイドもつけんと東京《とうきょう》に行《い》ったら、渋谷《しぶや》の人混《ひとご》みで福禄寿《ふくろくじゅ》さんがはぐれて迷子《まいご》になってしもて。

そうそう。ケータイに電話《でんわ》かけて必死《ひっし》で探《さが》して、やっと見《み》つかったと思《おも》ったら福禄寿《ふくろくじゅ》さん。若《わか》い人《ひと》らに取《と》り囲《かこ》まれて
「おじいちゃん、すっごい頭《あたま》長《なが》ーい。ウケる～」「これ、

なんのコスプレ?」て、バシバシ写真《しゃしん》撮《と》られて。しまいに女子高生《じょしこうせい》とプリクラまで撮《と》り出《だ》したんですよ。あ、これそのときの写真《しゃしん》ですけど。

ちょっとなによ、これ! 福禄寿《ふくろくじゅ》さん、目《め》ぇパッチリのキラキラで写《うつ》ってるやんか!

あのときは、迷惑《めいわく》をかけてしもうて……すまん。

と下《さ》げた頭《あたま》が毘沙門《びしゃもん》さんにゴツーン。

あ痛《いた》っ。頭下《あたまさ》げな、て。

あぁそうじゃった。すまん。

今度《こんど》はそっくり返《かえ》ってるがな。まぁよろしいわ。今年《ことし》は、そういうトラブルのないように、ガイドさんに一緒《いっしょ》に来《き》てもらうさかい。案内《あんない》さん、よろしくお願《ねが》いします。
はーい。それではみなさん、
こちらへどうぞ！

ガイドの案内《あんない》スル代《よ》さんに連《つ》れられて、七福神《しちふくじん》のみなさんがやってきたのは大阪《おおさか》の真《ま》ん中《なか》あたり。なんばの川沿《かわぞ》いにある船《ふな》着《つ》き場《ば》です。さて、ここからどこへ向《む》かうのでしょうか。

はーい、みなさん。まずはここから船《ふね》に乗《の》っていただきまーす。

え、船《ふね》ってなんですかそれ。大阪湾《おおさかわん》で釣《つ》りでもするんでしょうか?

釣《つ》りやったら、えべっさんの得意分野《とくいぶんや》やで。いつでもどこでも、この人《ひと》が釣《つ》りはじめたら、大《おお》きい鯛《たい》がどんどんかかってくるんや。なぁ。

いやぁ照《て》れますなぁ、はっはっはっ。

残念《ざんねん》ながら釣《つ》りではないんですよー。ここから船《ふね》で、大阪《おおさか》の町《まち》をぐるっと一回《ひとまわ》り。川《かわ》から見《み》た大阪《おおさか》の町《まち》を楽《たの》しんでもらいますー。

大阪《おおさか》の町中《まちなか》って、そんなに川《かわ》が流《なが》れてたかしら?

はーい。昔《むかし》から大阪《おおさか》は「水《みず》の都《みやこ》」と呼《よ》ばれていまして、町中《まちなか》を縦横無《じゅうおうむ》

尽《じん》に川《かわ》が流《なが》れていたんですよー。今《いま》ではだいぶうめたてられてしまったんですけど、それでも中之島《なかのしま》から道頓堀《どうとんぼり》にかけて口の字形《じがた》に、船《ふね》でぐるっと一周《いっしゅう》できるんですよー。

そうなんや。大阪《おおさか》って川《かわ》が身近《みぢか》な町《まち》なんやね。

そしたらみなさん、早《はや》く船《ふね》に乗《の》ってくださーい。

ほんまやで。みんながみんな遅刻《ちこく》してくるさかい、ただでさえ予定《よてい》が遅《おく》れてんねん。どない思《おも》うてんねん！

まぁまぁ、毘沙門《びしゃもん》さん。おさえておさえて。

はーい、七福神《しちふくじん》さんご一行《いっこう》ですから全部《ぜんぶ》で七人《ななにん》ですねー。ひぃ、ふぅ、みぃ……あ、ちょっとちょっと。

え、なんですか。

すみませーん。盲導犬《もうどうけん》と介助犬《かいじょけん》以外《いがい》のペットはお断《ことわ》りしてますのでー。

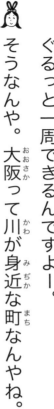

いや、これはペットやないんです。わたしらそれぞれの神様《かみさま》のお使《つか》いなんです。

お使《つか》いって、なんですかー。聞《き》いてませんよー。

あら。知《し》りませんか？　わたしら神様《かみさま》の家来《けらい》というか、部下《ぶか》みたいなもんですわ。たとえばわたし、大黒天《だいこくてん》ならネズミがお使《つか》いですし、毘沙門《びしゃもん》さんはムカデです。

ムカデ！　そんなん役《やく》に立《た》

つんですかー？

やかましわ！　人《ひと》がなに家《け》来《らい》にしようと勝手《かって》やろ！

すいませーん。で、ほかには。

福禄寿《ふくろくじゅ》さんは、さすが長寿《ちょうじゅ》の神様《かみさま》だけあってお使《つか》いが鶴《つる》なんです。

長生《ながい》きと鶴《つる》と、なにか関係《かんけい》あるんですかー？

むかしからよぉ言《い》うじゃろ。「鶴《つる》は千年《せんねん》、亀《かめ》は万年《まんねん》」ちゆうて。

なるほどねー。でもそしたら、鶴《つる》より亀《かめ》を使《つか》ったほうが、もっと長生《ながい》きアピールできるんとちがいますかぁー？

なるほど、言《い》われてみれば。

ちょっと福禄寿《ふくろくじゅ》さん。今《いま》さらいらんこと考《かんが》えなはんな。見《み》てみ、お使《つか》いの鶴《つる》が「クビになるんとちがうやろか」ておびえてますがな。

えーと、そちらのきれいな女性《じょせい》はー？

いややわぁ、きれいやなんてお口《くち》がべっぴんさんやこと。わたし、弁《べん》天《てん》のお使《つか》いはヘビなんよ。レッドスネーク、カモン！

また古《ふる》いギャグですねぇ。わからない人《ひと》は大人《おとな》の人《ひと》に聞《き》いてみてね。

恵比寿《えびす》さんは鯛《たい》がお使《つか》いなんですかー？

この人《ひと》の場合《ばあい》、お使《つか》いというわけではないんやけど、いっつも手《て》に鯛《たい》持《も》ってはるねん。あとは、えぇとだれやったっけ。

寿老人《じゅろうじん》です……。

そうそう、寿老人《じゅろうじん》さんのお使《つか》いは鹿《しか》なんです。

鹿《しか》。今《いま》までみんなコンパクトな生《い》き物《もの》でしたのに、この人《ひと》だけ、えらいかさばる動物《どうぶつ》なんですねー。

すみません、ご迷惑《めいわく》おかけしまして……なんやったらこの鹿《しか》、ここに置《お》いていきますので。おい鹿太郎《しかたろう》、今《いま》まで世話《せわ》になったなぁ。おまえともここでお別《わか》れや。元気《げんき》でな……。

寿老人《じゅろうじん》さんとお使《つか》いの鹿《しか》、抱《だ》き合《あ》って涙《なみだ》のお別《わか》れをしています。

わー、こんなところに捨《す》て鹿《じか》なんて、やめてくださいよー。きゅうくつかもしれませんけど、鹿《しか》さんも船《ふね》に乗《の》ってもらえますので、大丈夫《だいじょうぶ》ですよ。最後《さいご》は、布袋《ほてい》さんですね。あら？　布袋《ほてい》さんのお使《つか》いはなんですかー？

わたしねぇ、お使《つか》いの生《い》き物《もの》いてないんです。

なんでまたー。

うちのマンション、動物《どうぶつ》の飼《し》

育禁止《いくきんし》されてるもので。

ほんまですかぁー。ええと、これで全員船《ぜんいんふね》に乗《の》りましたねー。乗《の》り忘《わす》れの方《かた》はいませんねー。それではいよいよ、出発進行《しゅっぱつしんこう》でーす。

タンタカターン、と船《ふね》は、なんばの船着《ふなつ》き場《ば》を離《はな》れて道頓堀川《どうとんぼりがわ》を西《にし》へ西《にし》へ。

改《あらた》めまして、ガイドの案内《あんない》スル代《よ》です。よろしくお願《ねが》いいたしまーす。みなさん、大阪《おおさか》は初《はじ》めてですかぁー？

いやぁ、そうでもないんです。えべっさんなんか、大阪市内《おおさかしない》に今宮《いまみや》・堀川《ほりかわ》・野田《のだ》やら、ぎょうさん神社《じんじゃ》持《も》ってはりますし。ねぇ。

いやぁ、はっはっはっ。

あ、そうなんですかー。そしたら今《いま》さら大阪観光《おおさかかんこう》なんて、退屈《たいくつ》やないですかー？

そんなことないですよ。大阪《おおさか》に住《す》んでても、意外《いがい》と行《い》ったことない場《ば》所《しょ》や知《し》らないところ、たくさんありますし。地元《じもと》を観光《かんこう》て、なんか新《しん》鮮《せん》ですよ。

それならよかったですー。がんばってガイドいたしますねー。

あの、ガイドさん。あれなんですか？

どれですかー。

あの正面《しょうめん》に見《み》えてる、銀色《ぎんいろ》の丸《まる》っこい建物《たてもの》。宇宙船《うちゅうせん》かなにかですか。

はーい。みなさま正面《しょうめん》をご覧《らん》ください。あれが大阪《おおさか》ドームでございます。正式名称《せいしきめいしょう》は「京《きょう》セラドーム大阪《おおさか》」。プロ野球《やきゅう》、オリックス・バファローズの本拠地《ほんきょち》として野球《やきゅう》のゲームが行《おこな》われるほか、コンサートや

各種《かくしゅ》イベントも開催《かいさい》されて
いまーす。

ふーん。けどあの形《かたち》、なに
かに似《に》てへんか？

そういえば、大黒《だいこく》さんのか
ぶってる頭巾《ずきん》みたいですね。

みんな好《す》き勝手《かって》なこ
とを言《い》ってますねえ。
その間《あいだ》に船《ふね》は右《みぎ》に曲《ま》が
り、木津川《きづがわ》へと進《すす》んで
おります。

あら？　七福神《しちふくじん》さんたちが集《あつ》まって、なにやらひそひそ相談《そうだん》を始《はじ》めたようですが、いったいどうしたんでしょうか。

せっかくわたしたちが乗《の》ってるんやから、この船《ふね》を七福神《しちふくじん》にふさわしく、ゴージャスにモデルチェンジしたいと思《おも》いましてな。

そうなんよ。もっとゴージャスに、福々《ふくぶく》しい船《ふね》に乗《の》りたいねんわぁ。
ちょっとガイドさん。

なんですかー。

この船《ふね》、わたしらの手《て》でちょっとばかり、改造《かいぞう》してもらうわよー。

と言《い》ったとたん。
最新式《さいしんしき》の船《ふね》が、「あっ」という間《ま》もなく昔《むかし》ながらの木造《もくぞう》の船《ふね》になりまして、真《ま》ん中《なか》に大《おお》きく「宝《たから》」と書《か》かれた帆《ほ》がスルスルッと上《あ》がります。

帆柱《ほばしら》の根本《ねもと》には、金銀財宝《きんぎんざいほう》、小判《こばん》に米俵《こめだわら》。ありとあらゆる宝物《たからもの》やえんぎ物《もの》が積《つ》み上《あ》げられまして、船全体《ふねぜんたい》にはイルミネーションがキラキラ。

頭《あたま》の上《うえ》には鶴《つる》が舞《ま》い飛《と》び、川面《かわも》を見《み》れば亀《かめ》が遊《あそ》び泳《およ》いでいる。どこからか、お正月《しょうがつ》によく流《なが》れてるお琴《こと》のメロディーが「♪タン、タカタカタカタン」と流《なが》れてきまして、観光船《かんこうせん》が、キンキラキンの宝船《たからぶね》へと早変《はやが》わり〜。

ええっ。これどうなってるんですかぁー。あとで改造代金《かいぞうだいきん》、て言《い》われても払《はら》えませんよぉー。

そのようなものはいりませんで。これは、わたしらのささやかな感謝《かんしゃ》の気持《きも》ちです。

どこがささやかなんですか！　めちゃめちゃ派手《はで》やないですか！

川岸《かわぎし》を歩《ある》いている人《ひと》も、これにはびっくりぎょうてん。

見《み》てみ、向《む》こういく船《ふね》。えらい派手《はで》なことになってるで。

宝船《たからぶね》やて。テレビのロケかなにかかな。

七福神《しちふくじん》さーん。こっち向《む》いてー。

写真《しゃしん》を撮《と》る人《ひと》に、七福神《しちふくじん》のみなさんも手《て》を振《ふ》ったりポーズをとったり、大《だい》サービスで楽《たの》しそう。

大阪ツアー

なのに、ガイドのスル代《よ》さんだけが一人《ひとり》、おおあわて。いったいどうしたんでしょう？

みなさーん、お願《ねが》いしますー。今《いま》すぐこの船《ふね》を元《もと》に戻《もど》してくださーい。

えっ、なんでですか。こんなにゴージャスになったのに。

そうやわ。見《み》てる人《ひと》かて、みんな楽《たの》しんではるやないの。

けどこのままだと、クルーズを続《つづ》けることができませ――ん！

できませ――んて、なんですか。なにか問題《もんだい》でも。

問題大《もんだいおお》アリですー。ちょっと前《まえ》を見《み》てくださいよー。

前《まえ》って、うわぁ――――！

と叫《さけ》ぶ大黒《だいこく》さんの目《め》の前《まえ》には、背丈《せたけ》の低《ひく》い橋《はし》が迫《せま》ってきてるじゃないですかっ。橋《はし》にぶつかっちゃいますよー、船《ふね》がバラバラになりますよー、どうするどうなる！

わーっ。なまんだぶなまんだぶ、神様仏様《かみさまほとけさま》ー。

大黒《だいこく》さん、あんた仮《かり》にも神様《かみさま》やろ！　仏様《ほとけさま》にすがってどないすんねん！

とにかく、今《いま》すぐにその「宝《たから》」の帆《ほ》を下《お》ろしてくださーい！　それと福禄寿《ふくろくじゅ》さん！

な、なんじゃ。

頭《あたま》を下《さ》げてくださーい。ぶつかりますよーっ。

もうちょっとでぶつかるぅ……という間一髪《かんいっぱつ》のところで帆《ほ》を下《お》

ろし、みんなで頭《あたま》を低《ひく》くし、息《いき》を殺《ころ》してようよう、橋《はし》の下《した》を通《とお》りすぎることができました。
パチパチパチパチ。

はーっびっくりした。まさか、あんなに低《ひく》い橋《はし》があるやなんて。

そうなんですよー。大《おお》阪市内《さかしない》の川《かわ》にかかる橋《はし》

には、けっこう水面《すいめん》と橋《はし》との間《あいだ》がギリギリのものがあるんです。あんな高《たか》い帆《ほ》を上《あ》げていたら、橋《はし》の下《した》くぐれないんですよー。今《いま》すぐ船《ふね》を元《もと》に戻《もど》してくださいー！

●七福神《しちふくじん》、お花見《はなみ》への巻《まき》

ふつうの観光船《かんこうせん》に戻《もど》った七福神《しちふくじん》クルーズ。ですが、弁天《べんてん》さんはちょっと残念《ざんねん》そうです。

そうかてねぇ。せっかくゴージャスな船《ふね》になったのに、お名残《なごり》おしいわぁ。わたしらが乗《の》ってる印《しるし》に、せめて小《ちい》さい「宝《たから》」マーク、飾《かざ》ったらあきませんやろか。

ガイドさんに交渉《こうしょう》し、船《ふね》のへりに「宝《たから》」と書《か》いた小《ちい》さな小《ちい》さな帆《ほ》を飾《かざ》り付《つ》けた観光船《かんこうせん》。堂島川《どうじまがわ》を東《ひがし》へ進《すす》み、いよいよ大阪《おおさか》の中心地《ちゅうしんち》、中之島《なかのしま》へやってきました。

みなさん、このあたりが中之島《なかのしま》でーす。右手《みぎて》に見《み》えますのが大阪市役所《おおさかしやくしょ》でございまーす。

おお、知《し》っとるぞ。冬《ふゆ》になるとこのあたり一帯《いったい》、イルミネーションでキラキラ輝《かがや》いて、きれいなんじゃわ。

福禄寿《ふくろくじゅ》さん、いろんなこと知《し》ってますなぁ。

この前《まえ》の冬《ふゆ》、孫《まご》とここでデートしたんじゃや、ふおっふおっふおっ。

デートて、あんた気《き》が若《わか》いなぁ。

はーいみなさん。その裏手《うらて》には、中之島図書館《なかのしまとしょかん》に中央公会堂《ちゅうおうこうかいどう》と、明治《めいじ》時代《じだい》の美《うつく》しい建築《けんちく》が並《なら》んでおりまーす。

荷物《にもつ》の中《なか》からカメラを取《と》り出《だ》し、写真《しゃしん》を撮《と》っているのは布袋《ほてい》さん。このあたりの風景《ふうけい》、きれいですよね。

大阪《おおさか》っていうと、やたらとコテコテとかベタベタ、っていうイメージがあるんですけど、こういうきれいな建物《たてもの》がある、というのもアピールしてほしいですよね。

ガイドさんはますます名調子《めいちょうし》。

みなさーん。今《いま》くぐっているのが浪花橋《なにわばし》。橋《はし》づめにライオンの像《ぞう》があ

るので「ライオン橋《ばし》」とも言《い》われておりまーす。その次《つぎ》に見《み》えるのが天神橋《てんじんばし》。そのまた向《む》こうが天満橋《てんまばし》、この三《みっ》つが浪花三大橋《なにわさんだいきょう》と言《い》われておりまーす。さてみなさん。船《ふね》はいよいよ天神橋《てんじんばし》へとやってまいりましたー。ここでちょっと目《め》をつぶっていただけますかぁ？

え？　せっかく景色《けしき》を楽《たの》しんでるところやのに？

はーい。少《すこ》しの間《あいだ》、ご協力《きょうりょく》くださーい。

ん？　なんでしょう。目《め》をつぶったらなにかが起《お》こるのかな？

ただいまこの船《ふね》は、天神橋《てんじんばし》をくぐりぬけまして、天満橋《てんまばし》へとやってまいりました。そろそろいいかな？　いいですかね？　それではみなさま、お待《ま》たせしました。どうぞパッチリ目《め》を開《あ》けて、左右《さゆう》の景色《けしき》をご覧《らん》くださいませー。

うわぁ。

目《め》を開《ひら》くとそこには、見渡《みわた》す限《かぎ》り満開《まんかい》の、桜《さくら》。右《みぎ》を見《み》ても左《ひだり》を見《み》ても、ピンク・ピンク・ピンク。さくら色《いろ》の大洪水《だいこうずい》。

というわけで、季節《きせつ》はまさに春《はる》らんまん。川《かわ》の両側《りょうがわ》は、絶景《ぜっけい》かな、絶景《ぜっけい》かな〜。

わぁ〜きれいやねぇ。

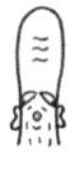

ほんまに。両岸《りょうがん》ともに桜《さくら》が満開《まんかい》で、目《め》のお正月《しょうがつ》ですなぁ。

みなさま、左側《ひだりがわ》には造幣局《ぞうへいきょく》が見《み》えておりまーす。大阪《おおさか》の春《はる》の風物詩《ふうぶつし》、造幣局《ぞうへいきょく》の「桜《さくら》の通《とお》りぬけ」は四月《しがつ》なかばからスタートしまーす。

ガイドさんの説明《せつめい》に、なぜか毘沙門《びしゃもん》さんだけ不思議《ふしぎ》そうな顔《かお》をしていますよ？

そうかて、四月《しがつ》なかばやったら、うちの近所《きんじょ》の桜《さくら》は散《ち》ってるで。なんで同《おな》じ大阪《おおさか》で、この造幣局《ぞうへいきょく》だけ遅《おく》れて咲《さ》くねんな。おかしいんとちがうか！

お答《こた》えしまーす。町中《まちなか》で咲《さ》いてる桜《さくら》は「ソメイヨシノ」という品種《ひんしゅ》で、ほぼ同《おな》じ時期《じき》にパッと

咲《さ》いてパッと散《ち》るんです。ですが、造幣局《ぞうへいきょく》の桜《さくら》は遅咲《おそざ》きの「八《や》重桜《えざくら》」なんです。

それでここだけ時期《じき》がズレるんかいな。

そうなんです。この「桜《さくら》の通《とお》りぬけ」は、明治《めいじ》一六《じゅうろく》年《ねん》に始《はじ》まった、一〇〇《ひゃく》年《ねん》以上《いじょう》の歴史《れきし》がある行事《ぎょうじ》なんですよ。

船《ふね》の上《うえ》から両岸《りょうがん》の桜《さくら》を眺《なが》める、ぜいたくツアー。よ

く見《み》ると岸辺《きしべ》では、お弁当《べんとう》を広《ひろ》げる人《ひと》や、犬《いぬ》の散歩《さんぽ》の途中《とちゅう》でベンチに座《すわ》り、ゆっくりと花《はな》を眺《なが》めている人《ひと》、お昼《ひる》からビールを飲《の》んでる宴会《えんかい》モードの人《ひと》など、みんなそれぞれあたたかな春《はる》の陽気《ようき》を楽《たの》しんでいます。

それを見《み》ながら、恵比寿《えびす》さんもニコニコ顔《がお》。

はっはっはっ。みんな楽《たの》しそうでよろしいなぁ。笑《わら》うかどには福来《ふくき》たる。こういう人《ひと》たちには福《ふく》を差《さ》し上《あ》げたいですなぁ。そう思《おも》いませんか、大黒《だいこく》さん。

ほんまですなぁ。今日《きょう》ここですれ違《ちが》ったのもなにかのご縁《えん》。船《ふね》の上《うえ》からみなさんに、福《ふく》を差《さ》し上《あ》げましょう。

と、ふだん使《づか》いの「うちでの小《こ》づち」を取《と》り出《だ》し、岸辺《きしべ》に向《む》かって振《ふ》り出《だ》します。

シャンシャンシャンシャン
グーグーグー
シャンシャンシャンシャン
グーキューグー
シャンシャングーグー
シャングーキュー

岸辺《きしべ》にフワーッと春風《はるかぜ》が吹《ふ》きこんだかと思《おも》うとお弁当《べんとう》はごうか三段重《さんだんがさ》ねに、散歩中《さんぽちゅう》のワンちゃんの頭《あたま》には大《おお》きなリボン、飲《の》んでたビールはぜいたくなプレミアムビールに早変《はやが》わり～。なのですが？

ちょっとちょっと。途中《とちゅう》でなんや「グーキュー」てヘンな音《おと》が入《はい》るんですが、なんですかこれ。

いやぁー、ごめんなさい。

弁天《べんてん》さん、どうしたんでしょう？

急《いそ》いで出《で》てきたから朝《あさ》ごはん食《た》べてなくって……。おなかが鳴《な》ってるんやわ。

そういえば、おなかすきましたねぇ……。
布袋《ほてい》さんのおなかも、こころなしかちょっとしぼんで見《み》えます。

そしたらみなさん、予定《よてい》よりちょっと早《はや》いんですけど、お昼《ひる》にしましょうかぁー。
せっかくのお天気《てんき》なので特別《とくべつ》に、船《ふね》を岸《きし》につけて陸《りく》へと上《あ》がりまして、お花見《はなみ》の人《ひと》にまじって、みんなでお弁当《べんとう》を広《ひろ》げることに。

外《そと》で食《た》べると、いちだんとおいしいわぁ。

お弁当《べんとう》の輪《わ》の横《よこ》では、散《さん》歩中《ぽちゅう》の犬《いぬ》と、寿老人《じゅろうじん》さんのお使《つか》いの鹿《しか》がじゃれあっています。それを見《み》ながら、大黒《だいこく》さん、なにか思《おも》い出《だ》したみたいです。

あぁそうや、ガイドさん。

大黒《だいこく》さん、どうされましたー。

今思《いまおも》い出《だ》したんですけど、わたし、この旅行《りょこう》で食《た》べたいなぁと思《おも》ってたものがあるんですわ。

食《た》べたいもの、てなんですかー？

えぇと……あれ？　なんやったかな。あれですがな、あれ。

「あれ」では分《わ》かりませんねー。弁天《べんてん》さんに毘沙門《びしゃもん》さん、なにか分《わ》かかりますー？

大阪《おおさか》で食《た》べたいもの、
ゆうたらお好《この》み焼《や》きと
ちがいますのん？

いやいや。大阪名物《おおさかめいぶつ》ち
ゆうたらだれがなんと
言《い》うてもタコ焼《や》きや。
そやろ！

いや、ちがうなぁ。

串《くし》カツじゃろ？

きつねうどんでは。

豚《ぶた》まん、食《た》べとなって
きたわぁ。

てっちり、ぇぇなぁ。食《た》べにいこ！

いやいや、みなさんの食《た》べたいものを順《じゅん》に言《い》うコーナーじゃないんですってば。大黒《だいこく》さん、なにか思《おも》い出《だ》しました？

うーん、出《で》てけぇへんな。なにか、われわれにちなんだ食《た》べ物《もの》やったような気《き》がするんやけど……。

われわれにちなんだ食《た》べ物《もの》？　なんやそれ。

そしたらこうせぇへん？

弁天《べんてん》さん、なんですか？

今《いま》から、商店街《しょうてんがい》に行《い》ってかたっぱしからいろんな食《た》べ物屋《ものや》さん、のぞいていくのよ。そしたら大黒《だいこく》さんの食《た》べたいもの、見《み》つかるかもしらんやん？

ええなぁ。ついでに豚《ぶた》まんも買《か》い食《ぐ》いしましょか。

突然《とつぜん》の予定変更《よていへんこう》にガイドさんはびっくり。

あのー、予定《よてい》ではこれから大阪城《おおさかじょう》へご案内《あんない》することになってるんですけどぉ。

かまへんかまへん。予定《よてい》はあくまでも予定《よてい》。これから、商店街《しょうてんがい》へレッツゴーじゃ。

●七福神《しちふくじん》、商店街《しょうてんがい》へ行《い》くの巻《まき》

七福神《しちふくじん》ご一行《いっこう》がやってきたのは、天神橋筋商店街《てんじんばしすじしょうてんがい》です。

はい、ここが天神橋筋商店街《てんじんばしすじしょうてんがい》でーす。南北《なんぼく》に約《やく》二・六キロの長《なが》さがある、日本一長《にっぽんいちなが》い商店街《しょうてんがい》なんですよー。

さすがは食《く》い倒《だお》れの町《まち》、大阪《おおさか》じゃな。おいしそうな店《みせ》がいっぱいじゃ。

あら、お洋服《ようふく》も売《う》ってるやんかぁ。

疲《つか》れたので、お茶《ちゃ》したいですねぇ。

あ、ちょっとみなさーん。七人《ななにん》バラバラに行動《こうどう》しないでくださーい。

けどぉ。男《おとこ》の人《ひと》と一緒《いっしょ》やったらゆっくり買《か》い物《もの》でけへんわ。

わたしもいろいろ食《た》べ歩《ある》きしたいですよぅ。

天神橋
一丁目
大阪ツアー
cafemama

えっ、さっきお弁当《べんとう》食《た》べたとこやのに、まだ食《た》べるんですか！

そもそもここに来《き》たのは、大黒《だいこく》さんの探《さが》してる食《た》べ物《もの》見《み》つけるためとちがうんかえ？

そうですけど、でもあれこれ見《み》てまわりたいですわぁ。

みんなの意見《いけん》がてんでんバラバラ。ガイドさんはちらっと時計《とけい》を見《み》まして……

そしたら、ここからしばらくは自由行動《じゆうこうどう》にしましょう。夕方五時《ゆうがたごじ》に、商店街《しょうてんがい》の二丁目《にちょうめ》にある天満宮《てんまんぐう》さんで待《ま》ち合《あ》わせ、ということでよろしいでしょうかー？

みんなでえぇか？　かまへんか？　よっしゃ。ほたら、いったん解散《かいさん》や！

みなさん、夕方五時《ゆうがたごじ》ですよー、集合時間《しゅうごうじかん》をお忘《わす》れなくーっ。

ガイドさんの言葉《ことば》を背《せ》に、みなさんお目当《めあ》てのお店《みせ》へ。福禄寿《ふくろくじゅ》さんはどちらへ向《む》かうのでしょうか？

ネットの「美味《びみ》ログ」で有名《ゆうめい》なホットケーキのお店《みせ》に行《い》ってみるとしようか。えべっさんもいっしょにどうじゃな。

はっはっはっ。よろしいなぁ。

ここじゃここじゃ。入《はい》ろか……あ痛《いた》っ。

入口《いりぐち》のドアで頭《あたま》をぶつけちゃったようです。
弁天《べんてん》さんは、商店街《しょうてんがい》のお店《みせ》でお洋服《ようふく》に興味《きょうみ》しんしん。

でも旅行中《りょこうちゅう》やから、見《み》るだけ見《み》るだけ。

いらっしゃいませ。まぁお客《きゃく》さん、ふわふわしたお着物《きもの》がよぉお似合《にあ》いですね。

いやぁ、そうですかぁ？

ええ、雑誌《ざっし》に出《で》てる美魔女《びまじょ》みたい。

なんやてぇ！　仮《かり》にも神様《かみさま》を魔女《まじょ》よばわりって、どういうことよ！

わっ、すんません。おかしいなぁ、ほめ言葉《ことば》のつもりやってんけど。

それより、このお洋服《ようふく》。ちょっと試着《しちゃく》してみてええかしら。

はぁ……え、えぇーっ？　お客《きゃく》さん、ほんまにこれ、着《き》てみはるんですか？

弁天《べんてん》さんがどんなお洋服《ようふく》を選《えら》んだのかは、またあとの話《はなし》。
こちらは寿老人《じゅろうじん》さん。鹿《しか》を連《つ》れて、途方《とほう》に暮《く》れている様子《ようす》。

急《きゅう》に自由行動《じゆうこうどう》、て言《い》われても、とくに行《い》きたいところもないし、正直《しょうじき》五時《ごじ》までどうやって時間《じかん》つぶそうか、迷《まよ》うなぁ。

ため息《いき》ひとつついたところへ、学校《がっこう》を終《お》えた小学生《しょうがくせい》たちが通《とお》りかかりました。子《こ》ども好《ず》きの寿老人《じゅろうじん》さん、思《おも》わず声《こえ》をかけています。

気《き》ぃつけて帰《かえ》りや。

おじいさんだれ？　ぼくら知《し》らん人《ひと》としゃべったらあかんことになってるねん。

わたしのこと知《し》りませんかなぁ。あ、そうそう。絵《え》で見《み》たことないかな、こないして長《なが》いヒゲ生《は》やしてる。

あ、分《わ》かった。サンタクロース。

ちがいますっ。

けど、トナカイ連《つ》れてるや

んか。

なんでやねんな。これはれっきとした鹿《しか》じゃ。これ、鹿太郎《しかたろう》。泣《な》きないな。

へぇ鹿《しか》なんや。奈良《なら》から連《つ》れてきたんかなぁ。

かわいい〜。鹿《しか》せんべいあげるからこっち来《き》て遊《あそ》ぼう。

鹿太郎《しかたろう》！　ついて行《い》ったらあかんちゅうのに、これ、鹿太郎《しかたろう》て！

布袋《ほてい》さんと毘沙門《びしゃもん》さんと大黒《だいこく》さんは三人《さんにん》で商店街《しょうてんがい》をうろうろ。

お寿司屋《すしや》さんに、お好《この》み焼《や》き、イタリアンもありますよ。どこに入《はい》ろうか、迷《まよ》いますねぇ。

布袋《ほてい》さん、どうでもえぇけどホンマによぉ食《た》べるなぁ。健康《けんこう》のために、

ちょっとダイエットしたほうがえぇんとちゃうか。

そうなんです。去年《きょねん》お医者《いしゃ》さんに「高血圧《こうけつあつ》やから運動《うんどう》しなさい」言《い》われて、毎朝《まいあさ》ウォーキングと腹筋《ふっきん》してたら、半年《はんとし》で二〇キロも痩《や》せて。見《み》てください、これそのときの写真《しゃしん》。

えーっ。おなか引《ひ》っこんで、筋肉割《きんにくわ》れてるやんか。でも、また元《もと》に戻《もど》ってるがな。

それが、腹筋割《ふっきんわ》れたまま仕事《しごと》

してましたら、信者《しんじゃ》さんから「布袋《ほてい》さんらしさに欠《か》ける」「福福《ふくぶく》しさがない」て、お叱《しか》りの声《こえ》が殺到《さっとう》しまして。おやつ今《いま》までの倍食《ばいた》べたり、夜中《よなか》にラーメン食《た》べたりしまして、必死《ひっし》で元《もと》に戻《もど》したんです。

そんなに痩《や》せたり肥《こ》えたりしたら身体《からだ》に悪《わる》いで、気《き》ぃつけや。それはそうと大黒《だいこく》さん。あんたの探《さが》してる食《た》べ物《もの》、見《み》つかったんか？

さぁそれが、いろいろお店《みせ》のぞいてるんやけど、ピンとくるものがありませんねん。

わしらに関《かん》する食《た》べ物《もの》や、言《い》うてたけど、神様《かみさま》つながりでお稲荷《いなり》さんとか。

うーん、ちがうなぁ。なんやったかなぁ……。

商店街《しょうてんがい》を歩《ある》いてみても、答《こたえ》は見《み》つからずじまい。

●七福神《しちふくじん》、落語《らくご》を聞《き》くの巻《まき》

わいわいがやがや。それぞれに楽《たの》しい時間《じかん》をすごしまして、待《ま》ち合《あ》わせの夕方五時《ゆうがたごじ》になりました。集合場所《しゅうごうばしょ》の天満宮《てんまんぐう》へ、みなさん集《あつ》まってきましたよ。

あれ、寿老人《じゅろうじん》さん、なんかお疲《つか》れのようですけどー？

あれから小学生《しょうがくせい》の団体《だんたい》につかまって、ずっと一緒《いっしょ》に遊《あそ》んでまして。くたくたですわ。

布袋《ほてい》さんは、またなんか食《た》べてますよ。

近《ちか》くで買《か》ってきたコロッケですけど、みなさんも、ひとつどうです？

みんながコロッケに手《て》を伸《の》ばそうとした、そのとき。向《む》こうからやってきた弁天《べんてん》さんの姿《すがた》に、思《おも》わずギョギョギョッ。

べ、べ、弁天《べんてん》さん、その格好《かっこう》はいったい、なんですねんな！

かわいいでしょ。いっぺん着《き》てみたかってんわぁ。

かわいいてそれ、女子高生《じょしこうせい》が着《き》るセーラー服《ふく》やがな！　なんの仮装大《かそうたい》会《かい》やねん！

ええやないの、旅《たび》の恥《はじ》はかき捨《す》て。いつも同《おな》じ着物《きもの》ばっかり着《き》てるねんから、たまには好《す》きな格好《かっこう》させてぇな。

六人《ろくにん》の神様《かみさま》とガイドさん、お使《つか》いの鹿《しか》までも目《め》が点《てん》になっている中《なか》、天満宮《てんまんぐう》の境内《けいだい》からなにやら声《こえ》が。

お願《ねが》いします、なにとぞ今日《きょう》こそはうまくいきますように。お願《ねが》いいたしますっ。

見《み》れば一人《ひとり》の若者《わかもの》が、熱心《ねっしん》に……というよりも必死《ひっし》の形相《ぎょうそう》で天《てん》神《じん》さんにお参《まい》りしています。

はっはっ。見《み》ればなにやらこの若者《わかもの》、願《ねが》いごとがあるような。天《てん》神《じん》さん、天神《てんじん》さんはいてますかいな。

これはこれは、恵比寿《えびす》さんはじめ七福神《しちふくじん》のみなさま。ご無沙汰《ぶさた》しております。

はっはっはっ……え？

あ、恵比寿《えびす》さんは耳《みみ》が遠《とお》いんやった……大《おお》きい声《こえ》でしゃべらんといけませんな。ごーぶーさーたーでー。

あぁ、こちらこそ。年明《としあ》けから受験《じゅけん》シーズンで、学問《がくもん》の神様《かみさま》としてはお忙《いそが》しかったでしょうな。

恐《おそ》れ入《い》ります。あの、こちらのセーラー服《ふく》の方《かた》は、受験生《じゅけんせい》ですか？

いやいや、それについてはあとで話《はな》すとして……それより、この若者《わかもの》ですが、なにやらさっきから熱心《ねっしん》に願《ねが》い事《ごと》をしている様《よう》子《す》。ここでおぉたのもなにかのご縁《えん》、できればわれわれ七福神《しちふくじん》で、願《ねが》いをかなえてやりたいのですが、よろしいかな。

どうぞどうぞ。みなさんが集《あつ》まったら百人力《ひゃくにんりき》。ぜひ福《ふく》を授《さず》けてあげてくださいませ。

天神《てんじん》さんのお許《ゆる》しも出《で》ましたで、

さっそく願《ねが》いをかなえてあげましょうか。こりゃこりゃ、その若者《わかもの》よ。

え、ボクのことですか。

さよう。さっきから、なにをお願《ねが》いしているのじゃな。

はい、実《じつ》はボク、そこの天満天《てんまてん》神繁昌亭《じんはんじょうてい》に出《で》ている落語家《らくごか》なんです。

落語家《らくごか》。ほぉ。

これから、繁昌亭《はんじょうてい》で自分《じぶん》の独演《どくえん》会《かい》があるんですけど、このところ高座《こうざ》で失敗《しっぱい》ばっかりしてるんです。どうぞ今日《きょう》の独演会《どくえんかい》は、失敗《しっぱい》しませんように。うまくしゃべれますようにとお願《ねが》いしてました。

ほほぉ、なかなか感心《かんしん》なお願《ねが》いじゃな。

それから、今日《きょう》の独演会《どくえんかい》にいっぱいお客《きゃく》さんが来《き》てくれますように。

ふんふん。

それから、早《はや》くテレビやラジオで売《う》れますように。

なるほど。

それから……。

まだあるんかいな！

うちの奥《おく》さんのきげんが良《よ》くなりますように。もっと広《ひろ》い家《いえ》に引《ひ》っ越《こ》しできますように。ゆっくり温泉旅行《おんせんりょこう》できますように。宝《たから》くじが当《あ》たりますように。それから……それから……。

落語家《らくごか》さんの「それから」攻撃《こうげき》は止《と》まるところを知《し》りません。
ずっと聞《き》いてた恵比寿《えびす》さんもしまいにあきれ顔《がお》。

ちょっと待《ま》った！

え？

さっきから聞《き》いてたら「それから、それから」てなんぼほどお願《ねが》いごとがあるんじゃ。

えぇと、三八個《さんじゅうはちこ》ほど。

三八個《さんじゅうはちこ》！　厚《あつ》かましいにも程《ほど》がある。とはいえ、私《わたし》も神様《かみさま》じゃ。言《い》うたからにはかなえてやらんと、ウソついたことになりますで……しかたない。そなたの願《ねが》い、かなえてしんぜましょう。

ほんまですか！　今言《いまい》うたこと全部《ぜんぶ》！

全部《ぜんぶ》は無理《むり》じゃが、とりあえず最初《さいしょ》の「独演会《どくえんかい》で失敗《しっぱい》しませんように」というのは、確《たし》かに聞《き》き届《とど》けました。

……それやったら初《はじ》めに、宝《たから》くじ当《あ》たりますように、て言《い》うたらよかったなぁ。

あんた、落語《らくご》より宝《たから》くじのほうが大事《だいじ》なんかいな。なんやったら独演《どくえん》会《かい》、失敗《しっぱい》させようか？

いえ、それでお願《ねが》いします。

ちょうど芸《げい》ごとの神様《かみさま》、弁天《べんてん》さんもいてはることやし。よーくお願《ねが》いしたらどうや。

はい、弁天《べんてん》さま。今日《きょう》の独演会《どくえんかい》でうまくしゃべれますよう、なにとぞお願《ねが》いします。

オッケー。かなえてあげましょう。

えっ。このセーラー服《ふく》の人《ひと》が弁天《べんてん》さんですか？　想像《そうぞう》してたのとだいぶ違《ちが》いますけど。

なによ。なんか文句《もんく》でもある？　信用《しんよう》でけへんのやったらバチ当《あ》ててみようか？

いえ、信《しん》じます信《しん》じます。

はい。今《いま》、ちゃちゃっとご利益《りやく》授《さず》けたから、今日《きょう》やる落語《らくご》のネタしゃべってみて。

ちゃちゃっと、てなんか軽《かる》いなぁ。大丈夫《だいじょうぶ》かなぁ。えぇと……じゅげむじゅげむ、ごこうのすりきれ……わっ、すごい。スラスラしゃべれる。練習《れんしゅう》では一回《いっかい》もうまくいかへんかったのに。

おいおい。一回《いっかい》もうまくいってないネタ、独演会《どくえんかい》でやろうとしてたんかいな。

ありがとうございます、これですっかり自信《じしん》つきました。よかったら今《いま》から、繁昌亭《はんじょうてい》の落語会《らくごかい》、見《み》に来《こ》られませんか？

かまへんのかい？

どうぞどうぞ。席《せき》は売《う》るほどありますから。

ガイドさん、よろしいかな。

分《わ》かりましたー。せっかくのご縁《えん》ですし、あとの予定《よてい》はキャンセルしますので、みなさんで繁昌亭《はんじょうてい》へ参《まい》りましょうー。

若手《わかて》の落語家《らくごか》さんに連《つ》れられて、七福神《しちふくじん》ご一行《いっこう》とガイドさんは、天満宮《てんまんぐう》の北側《きたがわ》にある天満天神繁昌亭《てんまてんじんはんじょうてい》へ。弁天《べんてん》さんはしげしげと建《たて》物《もの》を眺《なが》めています。

壁《かべ》にズラッと提灯《ちょうちん》が並《なら》んでるんやね。

繁昌亭《はんじょうてい》を建《た》てるときにご寄付《きふ》くださった方《かた》のお名前《なまえ》が、提灯《ちょうちん》に書《か》いてあるんです。建物《たてもの》の中《なか》にもつるされてるんですよ。

入口《いりぐち》からロビーを通《とお》って中《なか》に入《はい》ると、天井《てんじょう》にもたくさんの名前入《なまえい》り提灯《ちょうちん》が、まゆのように白《しろ》くゆれています。

中《なか》は意外《いがい》とこじんまりしてるんじゃなぁ。

舞台《ぶたい》と客席《きゃくせき》が近《ちか》いから、落語家《らくごか》さんの動《うご》きやお着物《きもの》もよく見《み》えていいわぁ〜。

では、これから始《はじ》まりますので、どうぞごゆっくり。

と言《い》い残《のこ》して楽屋《がくや》へ去《さ》っていった落語家《らくごか》さんは、先程《さきほど》とはうってかわって自信《じしん》たっぷり。

あれやったら、今日《きょう》の会《かい》は大丈夫《だいじょうぶ》やね。

せっかくやったら、わたしらの力《ちから》で客席《きゃくせき》もいっぱいにしてあげましょうか。

来《き》てくれたお客《きゃく》さんにも福《ふく》を授《さず》けましょう。

場内《じょうない》が突然《とつぜん》ふわっと明《あか》るくなり、あたたかな風《かぜ》がそよそよと。お客《きゃく》さんもリラックスしてバッチリ、笑《わら》う体制《たいせい》に入《はい》っています。

じゅげむじゅげむ、ごこうのすりきれ〜

神様《かみさま》のおかげか、落語家《らくごか》さんががんばったためか、お客《きゃく》さんは満員《まんいん》、場内《じょうない》は大爆笑《だいばくしょう》。

「あの落語家《らくごか》さん、急《きゅう》にうまくなったわね」なんて声《こえ》も客席《きゃくせき》から聞《き》こえてきましたよ。

落語会《らくごかい》が終《お》わると晩《ばん》の九時《くじ》。今日《きょう》の予定《よてい》はこれでおしまい。そろそろホテルに行《い》く時間《じかん》です。

はーいみなさん。それでは明日《あした》は、朝《あさ》の八時三〇分《はちじさんじっぷん》にホテルのロビーに集合《しゅうごう》でーす。遅《おく》れないでくださいねー。

●いざユニバーサル・スタジオ・ジャパン（USJ《ユーエスジェイ》）へ、の巻《まき》

あくる朝《あさ》。早《はや》め行動《こうどう》が基本《きほん》の神様《かみさま》たちは、集合時刻《しゅうごうじこく》の前《まえ》から、ロビーに続々《ぞくぞく》と集《あつ》まってきました。けど、みなさんちょっと眠《ねむ》そ

うですねぇ。

昨日《きのう》あのあと、晩《ばん》ごはん食《た》べてカラオケに行《い》ったさかい、寝不足《ねぶそく》なんや。

弁天《べんてん》さんが琵琶《びわ》弾《ひ》きながら、一人《ひとり》でえんえん歌《うた》い続《つづ》けるさかい、困《こま》りましたで。

あら、そうやったかしら。ほほほほ。

おはようございまーす、ガイドの案内《あんない》スル代《よ》です。今日《きょう》は一日《いちにち》、貸切《かしきり》バスで移動《いどう》いたします。みなさん、こちらのバスに乗《の》ってください。あ、福禄寿《ふくろくじゅ》さん頭《あたま》ぶつけないように気《き》をつけてくださいねー。

バスの天井《てんじょう》が低《ひく》いので、頭《あたま》がつっかえる福禄寿《ふくろくじゅ》さん。窓《まど》から頭《あたま》をニュッと突《つ》き出《だ》します。

なんじゃ、目立《めだ》って恥《は》ずかしいのう。

では、本日《ほんじつ》はまずユニバーサル・スタジオ・ジャパンへとまいります。
出発進行《しゅっぱつしんこう》〜。

お天気《てんき》も良《よ》くきげん良《よ》く、一路《いちろ》、ユニバーサル・スタジオに向《む》けて走《はし》り出《だ》したそのとたん。

ちょっと待《ま》った、ストーップ！

どうされました、大黒《だいこく》さん。

メンバーが一人《ひとり》、足《た》りませんよ。

えっ、ほんまですか。ひぃ、ふぅ、
みぃ……あ、一人《ひとり》足《た》りないー！
ということは、乗《の》ってないのは
……あの人《ひと》ですか。

あの人《ひと》ですな。
えぇと……だれやったっけ。

大黒《だいこく》さんが振《ふ》り返《かえ》ると、鹿《しか》
に乗《の》ってあわててバスを追《お》い
かけてくる「あの人《ひと》」の姿《すがた》が。

ハァハァ、やっと追《お》いついた……。

鹿太郎《しかたろう》もゼェゼェ荒《あら》い息《いき》。

すみませーん寿老人《じゅろうじん》さん。うっかりしてましてー。でも、ロビーにいてないんやったら「いてない」て、ハッキリ言《い》ってくださいよー。

いてない者《もの》がどないして返事《へんじ》するんですか！　いや、けど集合時間《しゅうごうじかん》に遅《おく》れたわたしが悪《わる》いんです……。

そんな、落《お》ちこまないでくださいよー。うっかりしてたこちらが悪《わる》いんですから。お互《たが》い気《き》を取《と》りなおしていきましょう、レッツゴー。

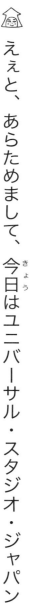

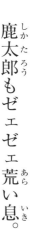

ふたたび、バスは走《はし》りはじめます。

えぇと、あらためまして、今日《きょう》はユニバーサル・スタジオ・ジャパンへ向《む》かいまーす。みなさまには、ぜひとも新《あたら》しくできた魔法《まほう》の国《くに》「〇ー〇ッ〇ー」の世界《せかい》を楽《たの》しんでいただきたいと思《おも》いまーす。

えっ。ちょっと聞《き》こえにくかったんじゃが、なんやて？

ですから、魔法《まほう》の国《くに》「〇ー〇ッ〇ー」の世界《せかい》を。

ガイドさん、なんでそこだけ伏《ふ》せ字《じ》になってるんですか？

著作権《ちょさくけん》の関係《かんけい》ですー。

あ、なるほど。それにしてもこれ、なんて発音《はつおん》するんじゃろ。

ハヒー・ホッハー？

ザジー・ゾッザー。

ダディー・ドッダーとか。

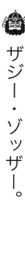

パピー・ポッパーじゃろ。

まぁ、なんとなく分《わ》かりますでしょ。

さぁみなさん着《つ》きましたー。ここがUSJ《ユーエスジェイ》ですよー。

バスを降《お》りてUSJ《ユーエスジェイ》へ。入口《いりぐち》近《ちか》くには、有名《ゆうめい》な地球《ちきゅう》のマークがぐるぐる回《まわ》っていまして、オーケストラの壮大《そうだい》な音楽《おんがく》が流《なが》れています。パークに入《はい》る前《まえ》からテンションが上《あ》がりますね。

正直《しょうじき》なところ、わたしら神様《かみさま》がUS《ユーエス》J《ジェイ》なんか行《い》っておもしろいのかしら、て思《おも》ってたけど、なんや急《きゅう》にわくわくしてきたわぁ。

弁天《べんてん》さん、まだここ、パークの入《い》り口《ぐち》でっせ？　ここでこんなに浮《う》かれてたら、中《なか》に入《はい》ったらどないなるねんな。

みなさーん。今日《きょう》は効率良《こうりつよ》く見《み》て回《まわ》れるように、特別《とくべつ》パスを買《か》ってありますので、並《なら》ばなくてもいろんなアトラクションにお乗《の》りいただけまーす。まずは、〇リー〇ッターのエリアにまいりまーす。

あれ、伏《ふ》せ字《じ》がちょっと少《すく》なくなってる。

そこから、まずは〇グワー〇城《じょう》へ行《い》きますので、はぐれないようにしてくださいね。

あ、そこも伏《ふ》せ字《じ》なんですね。

みんなでいっしょに魔法《まほう》の国《くに》へ……と思《おも》いきや、弁天《べんてん》さんと布《ほ》袋《てい》さんと福禄寿《ふくろくじゅ》さんの姿《すがた》が見《み》えません。もう、どこ行《い》ったんやろ。

弁天《べんてん》さーん、布袋《ほてい》さーん。あ、向《む》こうから走《はし》ってきはった。どこ行《い》ってたんですかー。

ごめーん。周《まわ》り見《み》てたらどうしても欲《ほ》しくなって。

あらっ。弁天《べんてん》さんは魔法学校《まほうがっこう》のローブを着《き》て、メガネまでかけてますよ。

わたしは杖《つえ》を買《か》ったんです。

わたしは帽子《ぼうし》を。

帽子《ぼうし》？　福禄寿《ふくろくじゅ》さんのお顔《かお》からどんどん上《うえ》に目《め》を移《うつ》すと、上《うえ》のほうにちょこんと、帽子《ぼうし》がのっかっています。どうやってかぶったんでしょうかね。

準備《じゅんび》バッチリ、うきうき気分《きぶん》で魔法《まほう》の国《くに》に入《はい》ったところ、わーわーと泣《な》く子《こ》どもの姿《すがた》が。

わーん、おかあさーん。ジェットコースターこわかったよう。

むむ。子《こ》どもが泣《な》いておる。福《ふく》の神《かみ》としてこれは、見《み》すごすことができませんぞ。

怒《おこ》っているのは寿老人《じゅろうじん》さん。どうしたんでしょうか。

ごらんなさい。向《む》こうで子《こ》どもが泣《な》いておるではないか。

ああ、ジェットコースターがこわかったみたいですねー。

周《まわ》りを見《み》れば、なにやらあやしげな建物《たてもの》ばかり。これでは鬼《おに》やら妖怪《ようかい》がゾロゾロ現《あらわ》れるのも時間《じかん》の問題《もんだい》ですぞ。

いや、これ作《つく》り物《もの》、テーマパークですからねぇー。

だまらっしゃい！　楽《たの》しいはずの子《こ》どもの思《おも》い出《で》に、黒《くろ》くおそろしいシミをつけてしまってよいものか。よいか、子《こ》どもさん。わたしの力《ちから》でこのおそろしげな世界《せかい》を、明《あか》るくすこやかで福々《ふくぶく》しい世界《せかい》に変《か》えてしんぜましょう。

と言《い》うやいなや。

西洋風《せいようふう》のお城《しろ》が、一瞬《いっしゅん》にして姫路城《ひめじじょう》を思《おも》わせる真《ま》っ白《しろ》な天守閣《てんしゅかく》の和風《わふう》のお城《しろ》に早変《はやが》わり。

背景《はいけい》には富士山《ふじさん》が現《あらわ》れ、昇《のぼ》る朝日《あさひ》を横切《よこぎ》るように鶴《つる》が飛《と》び、松《まつ》・竹《たけ》・梅《うめ》の横《よこ》には招《まね》き猫《ねこ》が手《て》を振《ふ》り続《つづ》けているという特大級《とくだいきゅう》のめでたさです。

さぁ、これであたり一帯《いったい》明《あか》るくなりましたぞ。さぞかし子《こ》どもたちも喜《よろこ》んでいるでしょうな。

と見回《みまわ》せば、みんななにやら眉《まゆ》を吊《つ》り上《あ》げお怒《いか》りのご様子《ようす》。

どうしました。せっかく明《あか》るく楽《たの》しい城《しろ》にしたというのに。

ちょっとぉ。だれがこんなことしてくれって言《い》うたのよ!

こんなん、魔法《まほう》の城《しろ》じゃなーい。

USJ《ユーエスジェイ》の職員《しょくいん》さんもプンプンです。

なんですか、これは!

いや、悪気《わるぎ》があったわけやなくて、ただ単《たん》に福《ふく》を授《さず》けたかった

だけなので……。
困《こま》りますよ、今《いま》すぐ元《もと》に戻《もど》して
くださーい！

USJ《ユーエスジェイ》の職員《しょくいん》さんから、
おしっこちびるほど怒《おこ》られ
て、泣《な》く泣《な》くお城《しろ》を元《もと》に戻《もど》
した寿老人《じゅろうじん》さん。

だって、子《こ》どもが喜《よろこ》ぶと思《おも》った
から……。

と涙目《なみだめ》で謝《あやま》ったものの、「とっとと出《で》てってください！」と、七人全員《ななにんぜんいん》追《お》い出《だ》されてしまいました。

はい、みなさんバスに乗《の》ってくださいねー。

あぁあ、もっといろんな乗《の》り物《もの》、乗《の》りたかったわぁ。

わたしも、孫《まご》におみやげ頼《たの》まれてたんじゃが、買《か》いそびれましたぞ。残念無念《ざんねんむねん》。

みなさんごめんなさい……。次《つぎ》の旅行《りょこう》できっとなにか、うめあわせしますので。

みなから寿老人《じゅろうじん》さんがコテンパンに怒《おこ》られている横《よこ》で、布袋《ほてい》さん、パークで買《か》ったポップコーンをパクパクパクパク。

そういえば大黒《だいこく》さん。昨日《きのう》おっしゃっていた食《た》べたいものって、思《おも》い出《だ》されましたか？

それが、まだ出《で》てきませんねん。ほんまになんやったんでしょうなぁ。
それはそうと、いつの間《ま》にそんなポップコーンこぉたんですか！

●友達《ともだち》に会《あ》いに、の巻《まき》

車内《しゃない》に話《はなし》の花《はな》が咲《さ》く中《なか》で、一人《ひとり》、ガイドの案内《あんない》スル代《よ》さんだけは頭《あたま》を抱《かか》えながら

あぁぁどうしようー。まさかこんなに早《はや》くＵＳＪ《ユーエスジェイ》を出発《しゅっぱつ》することになるなんて、想定外《そうていがい》だわよー。ここから次《つぎ》の予定《よてい》まで、どうやって時間《じかん》

をつなごうかしらー。

はっはっはっ、ガイドさん。もし、あてがないんじゃったら、行《い》きたいところがあるんですがな。

助《たす》け舟《ぶね》を出《だ》したのは、恵比寿《えびす》さんです。

行《い》きたいところ、ですかー？

実《じつ》は、久《ひさ》しぶりに友人《ゆうじん》に会《あ》いに行《い》きたいんですよ。

恵比寿《えびす》さまのお友達《ともだち》って、どなたなんですかー。

通天閣《つうてんかく》にいてるビリケンさんなんじゃ。

恵比寿《えびす》さんの希望《きぼう》により、七福神《しちふくじん》ご一行《いっこう》を乗《の》せた貸切《かしきり》バスは、

南《みなみ》へ南《みなみ》へ。通天閣《つうてんかく》へとやってきました。

懐《なつ》かしい雰囲気《ふんいき》やわぁ。ここだけ昭和《しょうわ》の空気《くうき》が流《なが》れてるみたい。

またこのあたりは、観光《かんこう》のお客《きゃく》さんがぎょうさんいてはりますなぁ。

あれ？ そういえばここ、今宮《いまみや》の恵比寿神社《えびすじんじゃ》の近《ちか》くとちがうんか？

はっはっはっ。そうなんです。かえって近所《きんじょ》やと、わざわざ遊《あそ》びに来《き》ませんのでなぁ。通天閣《つうてんかく》に来《く》るのも久《ひさ》しぶりですわ。

みなさーん。チケット買《か》いましたよー。

スル代《よ》さんの先導《せんどう》で、ビリケンさんのおわします展望台《てんぼうだい》へ。

これはこれは、だれかと思《おも》ったら恵比寿《えびす》さん。お越《こ》しいただきまして感激《かんげき》です。

はっはっ、こちらこそ。ご無沙汰《ぶさた》ばかりで。

七福神《しちふくじん》のみなさんもご一緒《いっしょ》ですか。え、一泊旅行《いっぱくりょこう》。いやぁ、声《こえ》かけてほしかったなぁ。

ビリケンさん、みなさんとは古《ふる》いお知《し》り合《あ》いなんですかー？

そうですよ。昔《むかし》、七福神《しちふくじん》のみなさんに私《わたし》を加《くわ》えて「八福神《はちふくじん》めぐり」が流行《りゅうこう》したこともあるんですよ。

え。ビリケンさんって福《ふく》の神《かみ》だったんですかー？

あ、ご存知《ぞんじ》ありませんでした？　アメリカ生《う》まれのれっきとしたラッキーゴッド。福《ふく》の神《かみ》なんです。わたしの足《あし》の裏《うら》をなでたら、願《ねが》いがかなうって言《い》いますでしょう。

あ、聞《き》いたことありますー！

わたし一人《ひとり》だとさびしいので、展望台《てんぼうだい》の周《まわ》りに七福神《しちふくじん》さんの像《ぞう》も設置《せっち》してあるんです。

ほんまや。ビリケンさんみたいな恵比寿《えびす》さんがいてはるわよ。

弁天《べんてん》さんもいてるでぇ。

けど、今日《きょう》は久《ひさ》しぶりに本物《ほんもの》のお友達《ともだち》のみなさんにお会《あ》いできて、本当《ほんとう》にうれしいです。

ホロリと涙《なみだ》するビリケ

ンさん、よっぽどうれしかったんでしょうね。

ビリケンさんと一緒《いっしょ》に記念撮影《きねんさつえい》をして、通天閣《つうてんかく》をあとにした七《しち》福神《ふくじん》ご一行《いっこう》。貸《か》し切《き》りバスへと乗《の》りこみます。

はーい、全員《ぜんいん》いらっしゃいますね。今度《こんど》は寿老人《じゅろうじん》さんも、乗《の》ってはりますね。あ、布袋《ほてい》さん。いい匂《にお》いがすると思《おも》ったら、いつの間《ま》に串《くし》カツなんか買《か》わはったんですかー！

いやぁ、おいしそうだったので、つい。

車内《しゃない》に串《くし》カツのにおいを充満《じゅうまん》させつつ、バスは大阪《おおさか》・日本橋《にっぽんばし》の国立文楽劇場《こくりつぶんらくげきじょう》へとやってきました。

こちらでは、大阪《おおさか》が誇《ほこ》る世界文化遺産《せかいぶんかいさん》、文楽《ぶんらく》が上演《じょうえん》されていまーす。文楽《ぶんらく》は、太夫《たゆう》と三味線《しゃみせん》がストーリーを語《かた》り、舞台《ぶたい》の人形《にんぎょう》は三人《さんにん》でつかうという、世界《せかい》にも類《るい》のないスタイルのお芝居《しばい》なんですよー。

わぁ、見《み》たい見《み》たい。

残念《ざんねん》ながら、今日《きょう》はお休《やす》みなんですー。

あ、いつでも公演《こうえん》があるわけではないんですな。

そうなんですー。この次《つぎ》は前売《まえう》りチケットを買《か》ってまいりましょう。さぁ、いよいよ旅《たび》のクライマックス。大阪観光《おおさかかんこう》では外《はず》せない撮影《さつえい》スポットへまいりますよぉ。

日本橋《にっぽんばし》でバスを降《お》り、西《にし》へ少《すこ》し歩《ある》きますと、人通《ひとどお》りの多《おお》い繁華《はんか》街《がい》にたどりつきます。

ここは、かの有名《ゆうめい》な道頓堀《どうとんぼり》ですな。

はーい。昨日《きのう》は桜之宮《さくらのみや》で船《ふね》を降《お》りましたけど、本来《ほんらい》のルートでは、堂《どう》島川《じまがわ》から東横堀川《ひがしよこぼりがわ》を通《とお》って、この道頓堀川《どうとんぼりがわ》がゴールなんですー。船《ふね》の上《うえ》から、グリコの看板《かんばん》と記念写真《きねんしゃしん》も撮《と》れるんですよー。

右《みぎ》を見《み》ても、左《ひだり》を見《み》ても、動《うご》く看板《かんばん》やピカピカのネオンサイン。派手《はで》で陽気《ようき》でにぎやかで、町全体《まちぜんたい》がおまつりさわぎをしているみたい。

では、最後《さいご》にみなさんで記念撮影《きねんさつえい》を……と思《おも》ったら布袋《ほてい》さん！　いつの間《ま》にカレーなんか買《か》い食《ぐ》いしてるんですかー！

いやぁ、おいしそうだったので、つい。

あーっ。そ、そ、それはっ。

びっくりしたぁ。どないしたんよ、大黒《だいこく》さん。急《きゅう》に大《おお》きい声出《こえだ》したりして。

そっ、それ。その布袋《ほてい》さんが食《た》べてるもの！

え？　これですか？　そこのカレー屋《や》さんでテイクアウトした、ごくごく普通《ふつう》のカレーなんですけど。

おお、懐《なつ》かしいなぁ。わしのふるさとの味《あじ》やがな。

と口《くち》をはさんだのは毘沙門《びしゃもん》さん。元《もと》はインドのお生《う》まれですもんね。

それより大黒《だいこく》さん、カレーがどうかしましたかー？

それ、それが昨日《きのう》から思《おも》い出《だ》そうとして思《おも》い出《だ》されへんかった食《た》べ物《もの》なんや。

このカレーが、ですか？

いや、カレーじゃなくって、横《よこ》にある付《つ》け合《あわ》せ。

ラッキョウですか。

ちがーう！

イライラする大黒《だいこく》さん。もう、いったいなんなんですか？

この横《よこ》にちょこんと乗《の》ってる福神漬《ふくじんづ》け。これが食《た》べたかったんや！

感激《かんげき》する大黒《だいこく》さんを横目《よこめ》に、みんなは「えーっ」とあきれ顔《がお》。

なんや……大黒《だいこく》さんがあんなに大《おお》さわぎしてまで食《た》べたかったものって、福神漬《ふくじんづ》けやったんやぁ。

どうりで商店街《しょうてんがい》のレストランで探《さが》してもメニューにないはずやで。

けど、みなさんそう言《い》いますけど、気《き》になりませんでした？　だって名前《なまえ》が「福《ふく》神漬《じんづ》け」ですよ。福《ふく》の神《かみ》を漬《つ》けたお漬物《つけもの》っていったい

なんやろうって。

あぁそれねぇ。われわれとはあんまり関係《かんけい》ないらしいですよ。

といいますと？

昔《むかし》はじめて福神《ふくじん》漬《づ》け作《つく》った人《ひと》が、七種類《ななしゅるい》の野菜《やさい》を漬《つ》けたから、七福神《しちふくじん》にあやかって付《つ》けた名前《なまえ》なんですって。ただ数《かず》が同《おな》じっていうだけの話《はなし》らしいですよ。

ガーン。そうやったのか……。

このあと、グリコの看板《かんばん》をバックにみんなで撮《と》った記念写真《きねんしゃしん》に、ガッカリする大黒《だいこく》さんの顔《かお》がしっかり残《のこ》っていたのだとか。

今年《ことし》の旅行《りょこう》はこれにておひらき。

お疲《つか》れさまでした〜。来年《らいねん》の幹事《かんじ》は福禄寿《ふくろくじゅ》さんやからな、頼《たの》んだでぇ。

来年《らいねん》はいったい、どんな旅《たび》が待《ま》っているんでしょうか?

おしまい

＝著 者 紹 介＝

くまざわ あかね

大阪生まれ。落語作家。大学を出たあと落語作家の小佐田定雄に入門。落語の世界を勉強するため、一か月限定で昭和10年当時の暮らしを体験したことも。桂ざこば師匠や笑福亭鶴瓶師匠、林家たい平師匠はじめ、おおぜいの落語家さんに台本を提供。歌舞伎や文楽、狂言などいろんな古典芸能に関する仕事にも取り組んでいる。著書に『落語的生活ことはじめ』（平凡社）、『きもの噺』（ポプラ社）など。

あおき ひろえ

愛知県生まれ。大阪のイラストレーター集団（株）スプーンを経て、フリーランスに。絵本の仕事に『パパとぼく』『夏平くん』（以上、絵本館）、『ハルコネコ』（教育画劇）、『ぼんちゃんのぼんやすみ』（講談社）、『かみなりどんがやってきた』（文・中川ひろたか／世界文化社）、なにわっこ落語絵本『からあげ』（アリス館）など、挿絵の仕事に『かいじゅうのさがしもの』（作・富安陽子／ひさかたチャイルド）などがある。趣味の落語が高じて、自宅を寄席小屋に改造した『ツギハギ荘』の席亭も務める。

※本書は、毎日新聞大阪本社発行の朝刊「読んであげて」に連載された「七福神大阪ツアー」（2015年4月1日～2015年4月30日）に加筆し、絵を新たに描き下ろした作品です。

七福神の大阪ツアー　2017年4月第1刷
作／くまざわあかね　絵／あおきひろえ ©Akane Kumazawa, Hiroe Aoki, 2017　Printed in Japan
発行人／浅香俊二　発行所／株式会社ひさかたチャイルド
〒112-0002 東京都文京区小石川4-16-9-207　電話／03-3813-7726　FAX／03-3818-4970
振替／00130-5-67938　URL　http://www.hisakata.co.jp/　印刷所・製本所／共同印刷株式会社
装丁／宇佐見牧子　編集／佐藤力　NDC913　21×15cm　112P　ISBN978-4-86549-103-6